吻太阳

贾曦 著

克孜勒苏柯尔克孜文出版社

新疆电子音像出版社

图书在版编目(CIP)数据

　　魅力文丛/卓尔主编.—阿图什：克孜勒苏柯尔克孜文出版社；乌鲁木齐：新疆电子音像出版社,2003.12（2009 年 12 月重印）

　　ISBN 978-7-5374-0484-6

　　Ⅰ.魅… Ⅱ.卓… Ⅲ.故事—作品集—中国—当代 Ⅳ.I247.8

　　中国版本图书馆 CIP 数据核字(2003)第 125254 号

丛 书 名　魅力文丛
主　　编　卓　尔
本册书名　吻太阳
作　　者　贾　曦
责任编辑　郑红梅　刘伟煜　张莉涓
书籍设计　党　红
出　　版　克孜勒苏柯尔克孜文出版社
　　　　　新疆电子音像出版社
地　　址　乌鲁木齐市西虹西路 36 号
邮　　编　830000　　电话:0991-4690475
发　　行　新华书店
印　　刷　三河市华晨印务有限公司
开　　本　850×1168 毫米　1/32
印　　张　6.75
字　　数　170 千字
版　　次　2009 年 12 月第 2 版
印　　次　2009 年 12 月第 1 次印刷
书　　号　ISBN 978-7-5374-0484-6
定　　价　298.00 元(全十一册)

前　言

　　每一位女性,她的成长都经历稚嫩、天真、成熟和衰老的过程。当女性在人生的道路上茁壮成长时,她能感受同志、朋友、亲人给她的关心、帮助、爱护,她还能体验生活的艰辛,困苦、磨难。生活的土地把她们培育成熟了,她们都很高兴,她们在微笑,她们在享受生命的快乐,她们都有自己精彩的人生。我们每一位女性要用自己的热情,热爱我们的生活,热爱我们的家庭,热爱我们的爱人,热爱我们的孩子,让我们的生活充满灿烂的阳光。

编　者

2006 年 4 月 18 日

目 录

4

吻 太 阳

红日冉冉升起
衬映朝霞彩云
骄阳烈日炎炎
普照万紫千红

红彤彤的落日
是夕阳的斜影
每一个不同的一天
都在迎接同一个太阳

我要吻朝霞
那是希望的红云
我要捧烈日
那是耐力的考验
我要抱着夕阳
挽留青春的节拍

太阳是光明的代表
太阳是正义的化身
太阳是胜利的所向
太阳是生命的源泉

在这大千世界
只要努力
一切皆有可能

我要吻太阳
那就是与光明正义同路
去向胜利冲刺
勇敢地吸吮生命的泉水
举起双手
张开双臂
捧起一轮红日
紧紧地贴吻
我们伟大的太阳

喀纳斯山下的田野风光

为了赶路
我们闻鸡起舞
在天刚蒙蒙亮时
便匆匆上车启程

飞奔在阿尔泰山脉上
从汽车的窗口外
看到的是遥远的连绵青山
看到的是一望无际的田野

清晨
我们用双眼迎接了
红日的冉冉升起
还惊喜地看到了
在夏日
圆月与太阳在空中的相会与对白
清凉的晨风
透着晨光吹进车窗
让人心旷神怡
在急驰飞奔的路途中
展现在喀纳斯山脚下

道路两旁的是
万亩广阔无垠的田野草原

耕种在田野里的农作物
有成熟的金黄色小麦
有像云海一般的向日葵
有大片大片的哈密瓜地
有绿郁葱葱的苜蓿草皮

现代化的农田喷灌
排成队、列成行
在阳光下、在清风中
定时开放、喷洒、旋转

那串串水珠
那束束水柱
那上下飞舞的水花
像是成群结队
展开白色双翅的海鸥
在翩翩起舞
像是一队队要起飞回家的大雁
在绿草地中欢腾
像是一群群英姿飒爽的雄鹰
在绿色的天空中引吭高歌
像是一支支训练有素的银燕
它们在绿色的海洋上飞翔
用生命和诺言保护绿色的田野
那场面是多么的秀美壮观
在绿色的田野旁
我们闻到了田间的瓜香

我们闻到了沙枣树的芬芳
我们看到了成群的牛羊
我们看到了坐落在草原中的座座毡房

我们还看见了散建在绿色田间的
红色尖顶小木屋
蓝色尖顶小木屋
它们造型新颖别致
如同乡间的小别墅
与牧民出出进进的身影
相辉相映

还没有进入喀纳斯湖
我们已经被这
喀纳斯山下的田野风光
那清新的空气
那丰收的美景
那壮观的喷灌
那美丽的欧洲风情建筑
陶冶得如梦不醒
陶冶得如痴如醉

喀 纳 斯 湖

揣着兴高采烈
踏着"噔噔"的栈板
站在喀湖湖畔
屏吸湖水的芬芳

捧一把玉雪水碧
抹一把风尘泪面
吸吮一口神山圣水
荡一荡绿水青波

鱼儿在水中嬉戏
浪儿在风中推进
漂流的人在湖水中呐喊
松林在湖边缄默
喀纳斯湖的身边
围绕着群山松柏
喀纳斯湖的四面山坡
开满了鲜艳的花卉
喀纳斯湖的水中
长满了葱郁茂盛的水草
喀纳斯湖中

有神秘莫测的水怪

喀纳斯湖它赠送给人们的美
美在她的寂静
美在她的壮观
美在她的苍绿
美在她的庄严
更美在它独有的一份
不为人知的神秘

观喀纳斯漂流

走入喀纳斯湖的同时
导游灌注我们游客耳边的话是
不在喀纳斯河水中漂流
不知喀纳斯湖水的冰冷
不在喀纳斯河水中漂流
不知喀纳斯水的湍急
不在喀纳斯河水中漂流
体验不到人生的搏击与艰辛

阿尔泰山脉中
碧绿的喀纳斯湖水
一泻千里
像一条绿色的绸带
蜿蜒曲折

那湍湍河水
卷着翻滚的银色浪花
浩浩荡荡
波澜壮阔
带着急速的水流声
在山涧奔流不息

河的两边
是满山遍野的青白松林
郁郁葱葱
偶尔夹杂着清爽淡雅的白色桦林
各种形形色色的艳丽鲜花
争香斗艳
掩映开放在绿树碧草间
充满大自然的春意盎然

年轻人身着耀眼的金黄色救生衣
六人一组
在两名教练的带领下
随着湍急的河水
坐在橡皮艇上
从河流中急驰而下

他们的神情严肃紧张
他们的手臂不停地挥舞着划桨
在教练的指挥下
齐心协力
力挽狂澜
到了平坦的水面
小橡皮艇
在河水中随着波浪
轻盈地起伏、摇荡、直下

我们在山中行驶的旅游车中
我们站在喀纳斯的小木桥上
我们亲眼目睹了
喀纳斯河水中漂流者的

勇猛、坚强、机智和青春

我们和漂流者一起
感受到了冰山雪水的热情
感觉到了宁静湖水的
桀骜不驯

我们长嘘漂流者的惊险与刺激
我们感叹年轻人的勇猛与朝气
漂吧！漂吧！
勇敢的漂流
年轻人品尝生活
勇敢挑战
享受大自然的奉献
啊！啊！
生活太美好了！

赏喀纳斯雪山红果

夏季随游人
来到阿尔泰山麓中的
喀纳斯湖边
在行程的旅途中
导游在大客旅行车上兴奋热烈地
为每一位游客讲述着
有关喀纳斯山山水水和人的传说

有些疲惫的游客
懈怠地倦卧着身体
在座位里半醒半睡
似听非听地随车在摇晃

有些兴奋激动的游客
从车窗外四处眺望
不停地打断导游的解说
在寻问关于山、关于水、关于湖的神话

这时导游却大声地呼喊游客
请大家注意了!
请您们遥望远处的山巅

那是今年、今晨山上下的第一场大雪
白皑皑的雪
已经掩埋了大山身影的三分之一

导游激动地说
您们看到的绿色美景
您们看到的郁郁松柏
您们看到的条条山涧溪水
您们看到的黄花红叶
您们看到的河中漂流
这都是喀纳斯山湖的春秋美景

很快这里将是白雪的世界
很快这里将没有生命的足迹
这些动感画面顷刻
会在寒风袭击中
在北风凛冽中
在大雪飘飘里
变成静止的白色画面

湖水被白雪封盖
河水被冰块凝结
森林被风雪吞没
人和牧马都销声匿迹

只有雪山红果
惟独它张着红彤彤的脸
在寒风中微笑
在白雪中争艳
在展现它那顽强的生命

红果
雪山红果
惟独在寒冬腊月
还竞相开放的雪山红果
游客们在导游的指引下
双眼在车窗外
努力地寻找
寻找那开在山涧绿草丛中
很不显眼的红果

是她吗？
真的是她吗？
那样低矮
那样弱小
那样的普通

是她
就是她
只有她在万般寂静的白雪世界里
只有她最鲜艳
只有她最美丽
只有她最坚强
只有她最壮观

神仙湾 月亮湾

不进喀纳斯
不知喀纳斯的美
不上喀纳斯
不懂喀纳斯的妙

在喀纳斯的神仙湾
一湾绿水
一座座青山
映照青云
映照晚霞
淡淡飘浮的烟云
像一缕缕轻纱幔帐
遮挡着喀纳斯少女般
青山神秘

水的神圣
和月亮湾两畔的松柏
如同千军万马
驻守着美丽的月亮湾旁
月亮湾中有水藻
在湖中弥漫

把湖中装饰得
如同天空上的月亮
镶嵌在绿水中

让人如痴如醉
让人万般感动
让大自然的宁静与美
用自己的身心
向人们倾诉
那巧夺天工的自然与美

喀纳斯湖外的九山十八弯

挺进喀纳斯湖
来到万重山下
一片旷野
绿草爬满山坡
山脚下
绿水欢腾跳跃
雄鹰盘旋飞翔
一座座白色的毡房
驻扎在绿山的怀中

翻越喀纳斯九山十八弯
刚才还在河中
刚才还在山脚边
忽而已随车进入云中

仰望崇山峻岭
俯首云海绿水
心旌摇荡
心潮澎湃

水在转

山在转
人在转
心在转

阿勒泰喀纳斯的
九山十八弯
山山披绿衫
九山十八弯
弯弯有新景
九山十八弯
一山有四季
山山不一色
山山有新景

忆 白 桦 林

喀纳斯湖畔
喀纳斯山涧
最惹人注目的
是一片片茂密
是一窝窝葱郁
是一坡坡翠绿
的白桦林

白桦树
系落叶乔木
木质细腻
树皮白皙

白桦林的树叶
从远处望去
细绿透明
质薄纹清
仿佛是用绿色的绸缎
编织的羽翼
给人以柔软轻盈的美感

白桦树的细枝
呈红褐色
有耐性可弯曲
在山雨中
在微风的吹拂下
宛若漂荡在少女
脸颊上的秀发
是那样的清心那样的悦目

我在思考
这般娇嫩的白桦树
它怎敢登陆在这高山上
它如何抵御着西伯利亚的严寒

事实告诉我
白桦树不仅耐寒抗冻
而且还成片成林地
像一个一个紧密团结的大家族
在喀纳斯的山涧
在喀纳斯的湖畔
在喀纳斯的黑土地里
安营扎寨

白桦树虽不像红白松树那样
针芒锋露
四季长青
但它不怕风吹雨打
尽管它的树身被风
劈剥得粗糙皲裂

劈剥得粗糙皲裂

但它的树叶依然翠绿
但它的细枝仍然飘洒
但它的树皮依旧白皙
但它的身姿始终打动着人的心扉

春天白桦树用它的翠绿
向青山倾诉
它对高山的崇敬
夏雨时分
白桦林用它那
姹紫嫣红
在点缀喀纳斯湖的神韵
忘不了啊！白桦树
忘不了啊！美丽的白桦林
永远也忘不了
那坚强、漂亮、美丽的白桦林

神山圣水喀纳斯

当金色的太阳跃出地平线
沐浴晨光披着朝霞
一路风尘
奔赴渴望已久的喀纳斯湖

在山脚下
在广阔的原野上
成熟的麦穗
金黄的葵花
一片片绿荫
一组组飞雨般的喷灌
清新的田野气息
夹着晨露润泽着人的面颊

黑色的柏油路
伸挂在崇山峻岭中
飞驰的车轮
像在舞女的舞鞋彩带上攀伸
心随着盘山的道路在旋转
人已感受到神山的呼唤

来到喀纳斯
那青山环抱的
岂是绿水
完全是在峦山的臂膀中
捧着一块绿色的翡翠玉盆
在喀纳斯的神湖畔边
有卧龙滩的雄姿
有月亮湾的神韵
有神仙湾的云雾
有骆驼颈的婀娜
在喀纳斯的湖水旁
有西伯利亚落叶红松的陪伴
有万重高山的承诺与垂青
有红、白、蓝、紫、五色花的争艳

喀纳斯湖旁有图瓦人
有图瓦人的敖包彩旗
有图瓦人屋顶上的袅袅炊烟
有草原绿茵上的烟雨蒙蒙
有牧羊人委婉的马头琴声

登上观鱼亭
飘渺的轻云驾着淡淡的雾雨
在群山中缭绕
飞驰的汽艇在湖水中霹雳
串串涌动的登山游人
争先恐后地要
在最快最短的时间内
把神秘美丽的喀纳斯
自然风光尽收眼底

登在山峰上
仰望晴空
俯首神湖
许下一个心愿
牢记这激动人心的时刻

人们在高山上呐喊
人们在绿水中洗涤
人们在花丛中呼吸
人们在仙境中长叹

一片片绿色的山
一片片绿色的水
一块块绿色的草地
一颗颗绿色的松柏
描绘出人间绝境
展现出世界的美景

打扰你了绿色的喀纳斯
净土
别了我们祈望的喀纳斯圣湖
再见了山间的白桦林
感谢喀纳斯圣湖带给我们美的记忆
感谢大自然带给人们的绝妙绝美

这绿色的美好组合
是大自然的恩赐
让我们感受了生命的
永恒

与真爱同行

在我最困惑的时候
你和她在我的身旁
在我最艰难的时刻
你和她在我的身边

不论何时难以忘怀
你我之间的真心与真诚
不论何时对往事的回忆
总是难以抹去记忆的痕迹

真爱的情义
让人感动一生
真情让我留恋一生
我的朋友
我的过去
都永远与你们的真爱同行

不会忘记
永远难以忘怀
友谊与我的生命长存
真爱与我们的友谊永存

难 舍 难 分

难舍难分
是因为有真情真缘
事非曲直
是难以用语言表述

难舍难分
不完全是真心诚意
只因为这前世之缘
让人无法走出城墙

难舍难分
不是你对人忠诚
所有付出的爱不是都有回报
难舍难分未必是对你真爱

只有那心最知道
只有那泪水它明白
只有你能清楚
其中所有的理由
都是伤痛的见证

思想与时间

上帝恩赐我两件珍贵的礼物
那就是时间和思想
在年轻的时间里
思想那样单纯
爱却那样纯朴

在时间的岁月里
爱变得苍老了
老得我已经无法把握
淡泊的爱索然无味
让我苦苦不知所措

在时间的隧道里
我懂得了爱的真理
那就是永远不要失去自己
思想告诉我
爱在你的手中
爱在你的心中
时间告诉我
爱在你的思想中
爱在创造你的时间里

抱着信念走

一路走来
心中装着信念
有了信念和目标
一路走来
心中无比自信

学生时代
在学习中积累知识
头脑中所有的幻想
都想通过奋斗实现自己
蓝天色的梦想

走到工作中
把学习到的知识
像抛洒热血一样
尽情挥耗

在收获的夏秋之季
付出的汗水
跨越的坎坷
翻越的高山
都被胜利的喜悦震撼和冲淡

有你的感觉真好

有你的感觉真好
我不知道你是谁
我从来与你未曾谋面
但我知道你的存在

在泥泞的徘徊中
是你在召唤我
在痛苦的呻吟中
是你在为我拭泪

我本不坚强
我很脆弱
但我感觉到你的存在
我知道我要让自己坚强

我知道你是风
我知道你是雪
我知道你是雨
我知道你是花
我知道有你的感觉真好
我知道你时刻都在陪伴我

女 人 是 花

女人是花
女人是一朵有生命的花
她不知道它的名字
她要长在何处？

女人是花
她是否能含苞欲放
她是否绽放美丽
她是否能够芬芳永久

那要看她是否长在花园里
那要看育花人是否珍爱她
那要看她是否心中舒畅
那要看她是否得到明媚的阳光

女人是花
有情还有义
育花人爱她
她就开得娇艳
没有风雨吹打
她就开得长久

伏 吟

无声的泪水
来自失去亲人的痛苦
无声的哭泣
源自一无所有
无声的伏吟
是因为自己的软弱无力
伏吟、伏吟、伏吟
是因为痛失自我

被霜雪凝结的泪水
没有落下的痕迹
被大雪淹没的哭喊
听不到声音
在狂风中奔走
找不到人生的归宿

伏吟
无语
沉思
抓住静思
抓住积累

抓住奋起
去追回自己的过失
肩扛努力
肩负拼搏
手扶耕耘
重新点燃生活的希望

天边那片云

你是我心中
飘动的一片云
这片云中带着心语
这云总是飘浮不停

你是我梦中的那片云
不知云中藏有你的心声
总在睡梦中与我话别

你是天边那片云
有时是红色的朝霞
有时是紫色的烟云
你没有停泊的小岛
你没有歇脚的山河

我只想让我的情留住你
我多想让我的爱陪伴你
我更想让我的心盛下你
我梦想用我的臂膀环抱你

全 家 福

看着小时候的黑白全家福
老爸老妈小心地抱着我们
我们别提那
心是多么的幸福
眼神是多么的紧张
脸上的笑容又灿烂又拘谨
生怕没有把自己的姿态摆好

二十年后的彩色全家福
老爸老妈儿孙满堂
脸上的笑容里
有艰辛也有快乐

一家三代人的全家福
老爸老妈是看了又看
照片中留下的是对生活的回忆
融入的是对现实生活的记载

看到老爸老妈的白发
只觉得一份不可推卸的责任在心中
一张张默默无声的照片

不仅是生活的烙印
更是生活的见证
也是回忆的序幕
是忘不掉的过去
是思量的现实

好好珍惜每一天
让我们的父母快乐
让我们的孩子茁壮成长
这都是我们的义务
让我们幸福的生活
让我们和老爸老妈明天的全家福
更生动
让我们大家笑得更开心

人这一辈子

人这一辈子
是坐在一辆盛满事非的车上
前方的路有多远？
自己不知道
要怎样走完这一段路程
自己也无法知道！

但是自己却知道
在这一辈子的旅途中
要为自己树立两座丰碑
一是我们都要有我们自己的家庭
二是我们都要养育我们的儿女

知道自己要做三件事
一是要孝敬我们的父母
二是要善待自己
三是要好好做人、好好做事！

另外还要与爱人牵手
与朋友同步
与儿女同乐

珍惜真情友情
相信有爱就有幸福
有善良和真诚就有平安和快乐

筏

童年的梦幻
被三十年的体验
挤压成为现实的雕塑

理想的彩虹
被颠簸的云雨
刷成模糊的泪水
爱的烈焰
曾燃烧青春的热血

心中经历无数次海啸
无情的狂风和暴雨
早已把记忆的苦难吞噬

惟有爱的琴弦
独自争鸣
是一张载着真、善、美的筏
乘着白帆
托着美好
把我送到大洋彼岸

我要喝一杯清茶

我要为自己倒一杯清茶
与我的人生一起品尝
我不让这杯清茶太烫
我不想往里面加糖

我要让我感受
最真实的生活
清茶虽苦但让你回味
清茶虽淡但它真实

我愿意生活得平淡
我要让我的生活真实
所以我要喝一杯清茶
让我过得真真切切

从你的眼睛里知道

我从你的眼睛里知道
你对我的爱是真实的
但是为什么
这种眼神不长久？

我从你的眼睛里知道
你的背叛
那里面充满了莫名其妙的愤怒
那里面都是对过去的厌弃

你不想再提从前
你希望最好没有故事
你对现在只有无名的怨恨
你的眼睛里已经再没有温柔

我从你的眼睛里
知道你要说的话
我从你的眼睛里
知道你要做的事

留不住的东西

不能强求
不是真诚的话语
眼睛里不会有微笑

我懂得你的心声
我知道你的想法
所有有自尊的人
都不会强迫他的爱

爱 的 力 量

我不知道爱
她长的是什么样子
我只听老人言
你需要用你的一生去证实

被爱神击中的人
看不清事非的曲直
听不尽好人的劝阻
赴汤蹈火
也要追求那不知结局的爱

历经艰辛
也品不出爱的咸淡
只有一心一意
去拿青春闯荡明天

当共同跋涉爱情旅途时
因为有爱
翻越崇山峻岭
因为有爱
跨越千山万水

爱把你带到哪里?
走到了也不懂
爱带给我了什么?
低头看看我的手中才清醒

现在我明白了
我不让爱的潮水
冲毁我的自信
我不让爱的烈火
烧灼我的憧憬

历经爱的撞击
才知道爱的力量
它没有方向
但有记忆
它没有对错
但只能自己解读
它没有胜负
但有结果述说

经历爱的历练
才知道得到的要珍惜
对失去的要寻找
不要在爱的漩涡中
丢失得太多、太多
而让自己一生伤感、悲痛

融化在泪水中的甜蜜

这泪水
在痛苦时淌流不息
不能自控
不能把握
酸楚的内心
总想让这淌流的泪水
洗净

幸福的时候
这一行行热泪
也无法挽留
它总是要夺目而出

尤其是与真情相拥
尤其是与真爱相逢
这泪水
让人情不自禁

人生是通过坎坷磨练的
人生是无情和压力铸造的
谁来锻炼你的泪水

谁让你笑得开心
是生活、是生活
是一件件平凡朴素的事
是一句句平平淡淡的话语
是自己一步一步的脚印
是自己一点一点的奋斗

让苦难的泪水
用自己的努力
把它变得甜美
把那咸涩的泪水
用自己的智慧
融化在幸福的喜悦中

爱 的 画 面

爱是会流的水
转眼流失
爱是飘移的云
带着彩色
让你一眼难以望穿
爱是会飞的鸟
它有一双可以改变方向的翅膀

有爱的时候
心时而平静如水
时而咆哮雷鸣
时而如火山喷发
时而如绿茵铺地

爱能吞没人的理智
爱能改变世界的轨道
爱可以让人失魂落魄
爱让人敢与世俗挑战

怎样把握变幻的爱
怎样翻阅爱的篇章

让改变和选择生活
是对是错的结局
时间和现实的写照
是最好的讲师

只要曾经有过
就应该永远珍藏
只要有所付出
就会终生铭记
真实、真情的爱
让人的感觉永远挥之不去

昨日红霞今晨雨

曾经的悲伤和艰难
让我感受生活
曾经的困惑和无奈
造就坚强的骨骼

学会在生活的每一分钟里
寻找自己的自由空间
学会为自己耕耘一片绿草地
升起心中的一轮红日

把被粉碎的理想碎片
用记忆和创造
绘出气吞山河的画卷
用热情和骨气
鼓舞生活的勇气

无论落花流水漂何处
不谈昨日红霞今晨雨
总是让自己
相信自己
眷恋自己
温暖自己
承载自己

对你的感觉永远都那样美好

偶然的相见与相遇
彼此一无所有
只有对视的双眸
流露出会心的微笑

岁月悄语人不知
各自生活路不同
有多少坎坷在你无意的帮助下跃过
有多少辛酸的泪水
因为你的支持而擦干

有过多少痛苦埋在心底
不为人知
有过多少泪水流在心间
无人诉说
曾经背负不动的艰辛
把人的希望摧毁
曾经四面楚歌看长江
无路可走

是你永远站在我身旁

向我伸出友谊的手
是你让我悲伤的泪水流在你的肩头
无所顾忌
是你的友谊和真挚
每每打动我的心扉
是你让我感动
是你让我感受人间真情真意
是你用你的热心温暖我悲泣苍凉的心
是你为我扬起生活的风帆

你没有高谈阔论
你没有官臣地位
你不是富贾豪商
你更没有雄韬伟略

但你对我的情是真的
你对我的心是热的
你的话语从来就不多
你的行动都是无言的支持

你激荡了我的人生
你点燃了我的心火
你温暖了我的人生
你支撑了我事业的丰碑

在今天的胜利时刻
友谊依然那样纯朴
话语永远无法说完
相逢的每一时刻
双眸中的真真切切

与过去的你一模一样
不论何时何地
不管何年何月
不管时光是否倒流
我对你的感觉
永远都是那样美好

不要以为……

不要以为你爱别人
他就应该爱你
不要以为
你曾经努力付出
别人就该念念不忘

不要以为曾经山盟海誓
别人就应该遵守诺言
不要以为曾经患难与共
别人就会对你心存怜悯

不要以为所有的过去都有回报
不要以为所有的人都要像你那样天真
怎样才能不失望
怎样才能不悔恨
怎样才能让自己快乐

那就忘掉过去
埋葬幻想
与勤奋携手
与努力同行

与真诚相伴
与友谊相连

那样你就不会失落
那样你就很少悲伤
那样你就不会孤独
那样你的感觉会好得多

爱过就不后悔

心跳过
脸红过
跟着心爱的人走着
再远再远也不在乎
再苦再累心也甜

心痛过
泪流过
丢失真情被欺凌
天塌地陷
我情未变
爱得很深
伤得更重
疼中还有痛
淌过的河水
没有留下伤痕

情太深
意也重
陷入情海
难以自拔

再痛再苦
自酿的酒再苦
也得含恨自饮

爱过就不后悔
走过就不回头
既然已经选择
爱就永远印在心中

锦 绣 前 程

旭日朝霞染红天
龙气凤舞人昌盛
苦学勤读绘蓝图
聪睿慧智渡虹桥
梦中推开百花园
丰收硕果满枝头

牵　手

身缠前世之缘
奔赴茫茫人海
人潮中
与你相逢

相互牵拉的手
从不敢放松
相系的情
难以消散

跨越岁月长河的手
依然相互牵拉
释怀不掉的情
如同斩不断的意

难忘怀
昔日的情深意切
难取舍
你我的真情实意

不知来世如何

我愿为情相守
只要与你有缘
时刻追随你的声影
永远追随你和我的缘

花　戒

一枚精致璀璨的花戒
悄悄戴在指间
在镜前注视闪光的亮点
偷窥喜悦幸福的笑脸

花戒精美而轻巧
花戒是用自己积蓄换来的
它在心中盛满喜悦时
那样鲜艳
那样亮得吸引人

花戒属于自己
美丽与花戒相伴
让花戒衬托出美好的心情
让白细滑腻的玉指
展示丰富的人生画面

人生的经历
让年龄更加成熟
用欣赏和赞许
镶嵌在平凡价廉的花戒上
用平凡和真实
充实幸福温暖情怀

红福灯笼千千结

过年了
全家大团圆
端上热气腾腾的水饺
盛满幸福的红酒
撑起高高的竹竿
挂上红红的灯笼
摆放好火红火红的千千结

大大小小的红福倒贴在门口上
团团圆圆一家欢笑喜乐

和人乐
心爽神怡
阵阵鞭炮串串响
辞去旧岁迎新春

老爸老妈

在记忆的画面里
涂满了双亲慈祥的笑容
卷起思绪的追寻
感受时刻搀扶我的双亲

在人生大海中搏击
老爸老妈在岸边接应
成长的岁月中
印满了父母祈盼的目光
响在耳边的父母教诲
留下的划痕至今难以抹去
心中充满对父母的感激
让我们热爱生活
在困难的艰辛中
有父母双亲的挚爱
让我们敢于搏击长空
亲爱的老爸老妈
你是我们人生的灯塔
是爱的召唤
是热血铸就的亲情
不论山多高

海多深
它都比不上父母的养育恩情

成绩再多、辉煌再现
胜利的凯歌中
离不开父母的爱心所系
今生今世我们将怀抱
对父母的感激之情
努力、奋斗、拼搏、进步
让老爸老妈开心
让老爸老妈高兴
最最亲爱的老爸老妈
您们的儿女永远都爱着您们

飘 逝 的 爱

疯狂的爱
为什么消逝得
那样快
在无声的雨中
擦干的泪水
又与雨水相掺

在黑色和红色的梦中
为了爱的回忆
作出无尽的付出
要的是把爱书写得永恒而美丽

人未老
心在老
这寂寞的草地上
只有苍白的爱
与记忆的往事
任秋风带着落叶
飘到茫然的宿地

别 太 难 过

别用太多的时间倾述
你会备感伤心
别用过剩的记忆回味
你会陷入泥潭
如果总是把苦难描述得有声有色
那落难将永远包裹伤痛的你
再别有伤心的泪
让我为你担心
再别有痛苦的愁容
让我难过
我们应该快乐地生活
有一颗进步自信的心
去热爱曾经热爱我们
的朋友
去热爱我们的事业和亲人

曾经与不经意

你曾经给过我无数次微笑
那样真诚、那样坦然
你曾经在不经意中
给过我多少激动、多少帮助

从来没有沟通
从来没有交谈
但我却深感难忘

平淡而平凡的小事
蕴藏了人世间的善良与赞许
美好的人要靠自己认真去做
完美的形象需要用内涵去雕塑

只要拥有阳光灿烂的心
只要拼搏奋斗努力
你就会享受社会的回报
就会得到曾经与不经意的帮助
就会享受成功与爱的垂青

品尝挑战

年少为爱去追梦
爱心似火劝无力
真心投入难回报
一路走去泪水流

一生只为"爱情"两个字
肝胆涂地热血洒
付出的爱被覆灭
只有忍痛悔自恨

爱心不泯情不变
坚定不移重实情
尘封困苦迎挑战
不畏不惧绘彩虹

不要为爱陷得太深
不要为情迷失方向
在收获痛苦的时候
挚爱的心已划满伤痕

在没有爱的日子

天空白云仍在飘浮
在没有真情的日子
天地相依苍海澎湃

在潮起潮落
在茫茫人海
俯下身子顽强地眺望幸福
站在高高的山岗上
呐喊内心的苍悲

选择耕耘朝霞
选择摘收春雨
一步一个脚印
把汗水滴在丰收的土壤里

在收获的时季
打开幸福的粮仓
收割金色的稻谷

不要像成熟的麦穗
总是低下羞涩的头
要像潇洒的向日葵
张开灿烂的笑容
每天跟着太阳进出

品格的力量

品格是个人的性格
品格是个人的气质
品格是个人的能力
品格是个人的道德思想
品格是个人的崇高精髓

品格的筑就
来自于一个人的思想
平凡的行为
来自于人的魅力
它源自于人的品格
在品格中拥有亲和、感召、吸引
在品格中拥有影响、凝聚和内敛

一个品格高尚的人
他的力量是无穷的
他的力量是不朽的
他的力量是不可战胜的

情绪、内心、脸

一张漂亮的脸
为众人所悦目
一个不凡的外表
代表不同的气质

追随和接纳
温柔、亲和、慈祥、关爱
让每一个人的心泉
都淌流着爱的潮水

一个内心沉闷抑郁的人
他的脸是阴云满布
一个平静祥和的人
他的脸是安静安详
一个愤怒的人
他的脸是铁青的
一个悲伤的人
他的脸是忧愁的

一个心胸开阔的人
他的脸是热情的

一个善良贤惠的人
她的脸是阳光灿烂的

每一个人的笑
声音不一样
笑的内容不一样
它包含生活的苦、乐、郁、嘲

每一个人的泪从眼中流出
它的内容不一样
有喜、有悲、有愁、有怒

人的心
人的情
人的脸
息息相关
是真诚、是无奈、是虚假、是热诚
从嘴角的一丝抖动
从张口的一句话语
从眼里的一个流露
都能看懂、读懂、感受到

寻找快乐

人的幸福
要与之相处
才觉得幸福
人的悲伤
要与往事相比
才觉得悲伤

不要被往事封闭
不要被曾经淹没
不要只去倾向安静
而逃避世界的喧嚣
不要选择孤寂
已落伍的你
快快去追赶那北飞的雁队

生活的美好是与你相逢
人与人之间的交流与沟通
是握手的舞台
也许貌似坚硬的人
内心确柔软如缎
也许貌似柔弱的人

内心无比刚强

快乐的人生观
会带给人快乐的生活
这份快乐
就像风中的花粉和春雨
带给你一缕愉悦
带给你暗香盈袖

昨天 今天 明天

昨天还在鸟语花香下呢语
今天就得面对现实
今天还沉溺在幸福中
明天还有新的事业要启程

昨天还在期盼未来
今天就已成为现实
明天还必须继续
后天才能完成的一切

昨天在写作业
今天已走上讲台
明天还有课题
后天要走向讲台

昨天的心是幼稚的
今天是耕耘的收获
明天是新篇章的开始
后天是陈述者回忆的故事

每一个昨天
每一个今天

每一个明天
每一个后天
都截然不同
都有要做的、应做的和必做的事

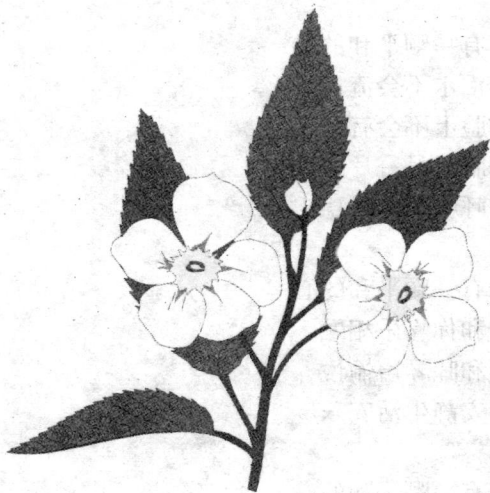

平和的心是金

你若有一颗平和的心
你的话语不会多
你的语调不会高
你的神态很自如
你的步伐很从容

你若有一颗平和的心
你的泪水不会流
你的脸上不会有愁
你的眼里是一片寂静
你的呼吸那样平稳

你若有一颗平和的心
孩子和你喜乐相融
夫妻和睦琴声愉悦
家庭安静生活安乐

你若有一颗平和的心
你一定是一个不会抱怨
虔诚的自由人

有了平和的心
你灵巧的十指
能弹出醉人的乐曲
有了平和的心
你的双手能画出
绝世精品

平和的心是金
有了平和的心
就能作出心神合一的伟业
有了平和的心
你就拥有了舞台
就能雕塑最好的人生

圆　梦

我虔诚地向上帝
祈求一粒爱的种子
捧在掌中
让我的热血孵化她

我接受这棵幼苗
用爱心真诚培育她
让她茁壮成长
谁非亲生胜似亲生

我带着她
感受风雨
我和她一起
检阅生活

在日日夜夜中追寻目标
在平淡中沉淀友谊
相亲相爱相互依恋
心心相印水乳相融
真情编织人生的花环
用付出的心血

来兑现爱的缩影
我会和她想见
我要和她同乐
我要让自己儿女双全
我要为我的人生
写下一个 "好" 字

我不后悔我的选择
我很珍惜我的选择
我要让我的爱重来一次
我要和我的爱圆梦

眼睛里的世界

眼睛里的世界
有绿色
有朝霞
有海洋
有蓝天

有广阔无垠的田野
有一片寂静的星空
眼睛里的人
有善良
有自私
有奉献
有狡诈
有一双慧眼可享受自然风光
让心清亮
让心舒畅
有一双观察人心的慧眼
让世界精彩
让生活安宁

女人的无奈

没有思想的女人
行动上没有主导
生活中没有目标
人生中平平淡淡

不知道
怎样修饰
不知道
怎样调理
太劳累
家里家外做家务
太操心
琐事忧心时时想
太无味
没有收获无新意

心　海

静静地屏住呼吸
让心血像夜晚的秋水
轻轻地泛着涟漪
让内心平平稳稳
让繁花悄悄绽放

慢慢地拉开心闸
热血蓄积的思念
像咆哮奔放的黄河
大声呐喊
尽情渲泄

如 果

爱一颗跳动的心
是一个难以平静的海
像是与月亮的呼应
有潮涌潮落和潮汐

一颗平凡的心
编织了无穷的梦幻
盛有述说不穷的情怀
它在每一刻的跳动中
翻动流淌
心潮、心血、心海
都会翻滚出不一样浪花

你 能 行

你能行
你的笑容
告诉我里面有无比的宽容
你有情
告诉我你的忧愁
我感受到你没有失去自信

你能行
你的步伐
告诉我你正在奔向梦想
你的夜影告诉我
你正在撰写现实
那脚步声中印满了勤奋

你能行
在面对困难的考验与证明时
你没有退缩
你没有倒下

我从来都是你
最热切的观众

我永远都是你
伟大的支持者
我时刻都相信
只要你存在
你就一定能行

生命的力量就是不顺

在田地中被践踏的青苗最壮
旷野里蒲公英的花飞得最高
丛林里被狂风吹刮的树长得最壮
戈壁滩中灌木草中的花开得最艳
流淌不息的河边胡杨的年轮最长

狂风暴雨可以吹走一张没有生命的纸
但它却无法摧毁飞舞的花蝴蝶
欺诈可以骗走别人的财物
却不能掠夺别人的善良纯真

生命的力量告诉自然
它的本能就是奋斗中求生存

我们对生命的宣言
应当是
用珍贵的情、事、人
留住时间的记忆
从没有生命的书卷中
学习有生命的人和事
让我们的生命
阳光、博大

大事与小事

想有做大事的心愿
就要有从小事做起的心

写好每一个字
算对每一道题
认真倾倒每一杯水
努力系好每一颗纽扣

从小事做起
对每一个人揣着热诚
善待每一张稚嫩的面容

好的木材并不在顺境中生长
高山峻岭是它们生长的地方

所有的大事
都是由无数个小事组成
所要做的大事
都是从小小的事中得到
仔细、认真、严肃、真诚、
用信誉、友谊

做好每一件
你认为
微不足道的小事
只有说好每一句平淡的话
才能作出做好
你想做的每一件大事

找老婆的学问

你是否找到理想的伴侣不重要
关键是
你是否能做一个理想的伴侣
最好在婚前想好
最好在婚前定夺
最好在婚后有经济头脑
那样只要你的双脚舒适
你的日子过得踏实
你就是成功的

太漂亮的不一定拴住
太瘦弱的不一定养胖
爱得太深刻的不一定留恋
追得太紧的不一定上钩

要找的老婆
她可以聪明
但不能不爱你
她可以笨拙
但不能不真心
她可以大一点

但心要年轻
她可以小一些
但要稳重

找老婆别太哲学
那样过得很死板
找老婆不要太学问
那样会失去自己的青春
最好的抉择方法是
婚前多一些美学
婚前多一份观察
婚前多一份关心
婚后多一份理解
抓住闪电的机缘
不要让自己留下人生的遗憾

捧　瓷

走进婚姻的人
就像从宝库中出来
手中捧着精美的瓷器

它的艳丽、凝重、魅力
让你决定拥有它
让你愿意选择它
让你终身捧着它
事实上
这瓷皿捧在手上
你不能打盹
那样瓷皿会掉在地上
你不能松懈
你不能与别人碰撞

你想让你的婚姻美满永远
你就要像捧瓷那样
用双眼注视它
用心封闭它
用心血凝固它
用爱情粘贴它

那它才坚定
那情才不移
那人才能长久

有改错的勇气就是进步的台阶

一个人能深刻剖析自己的失误
一个人能经常反复掂量自己的的错误
一个人能经常发现自己的不足
一个人能对错误的自己严厉批评

那么他一定是一个有思想的人
他一定是一个有自尊的人
他一定是一个有追求的人
他一定是一个求上进的人

谁都不是完美的
谁都要有闪光点
谁都有值得我们学习的地方
一个人只要谦虚
一个人只要明理
一个人只要有勇气
改正自己的错误
那么他一定会不断前进
一定会不断完善自我
一定能够越来越好

存在差距的原因

人人都想感觉自己很好
人人都想要天天快乐
人人都愿能心想事成
人人都盼事事如意

为什么？
有人进步
有人幸福
为什么？
有人贫困
有人痛苦

人与人的差距
不是身体高矮的差别
不是身体力量的差别
不是穿着的不同
不是性别的差异

人与人的差距
是思想的不同
是文化的差异

是境界的别样
是意识的早晚

要进步
要更新
更富强
就要找到差距的原因
只有从根本上改变差距
你才可能超越
你才可能奋飞
你才会获得具有新意的生命

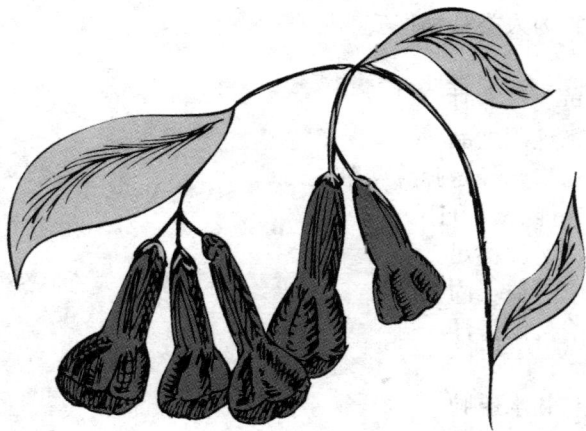

黄芪的风采

它是多年生草本植物
要在沃土中扎根四年
汲取大地的精华孕育成熟
在春风的吹拂下
秋雨的滋润中
它贡献自己的根茎
它为人类祛病保安

黄芪性味甘、温
系纯阳之品
药物归经是肺脾两脏
它能补气升阳
治诸虚不足
它可益卫固表
治自汗盗汗

它利水退肿
治脾虚不足
它脱毒生肌
是治疮圣药

黄芪虽甘温
但能益气行血
还能活血行瘀
可以治疗血塞不通
还能固崩止漏

黄芪的风采
是对虚损者益不足
可祛毒邪消脓疮
益气活血防梗塞
有虚既补不复火

桂枝功大不骄躁

桂枝的老家在两广
它是樟科植物类
肉桂的嫩枝
多在春暖之时采杀下嫩枝
桂枝性味辛甘温
它的宿营地是心肺膀胱
它的最好搭档是麻黄
它的效力军师是白芍

它喜欢与白芍为伍
它愿与甘草同行
有时为克制自己的失误
还常常邀上五味子

桂枝能发汗解表
桂枝可温经通阳
桂枝能通胸痹
桂枝可化湿利水

《本经疏证》称赞
桂枝谦虚能"和营"

桂枝辛温可"通阳"
桂枝通利能"下气"
桂枝温热能"行瘀"

桂枝无语可补中
桂枝辛热能利水
桂枝发汗和营最有度
桂枝功大不骄躁

中药姊妹对

麻黄桂枝发汗最强
银花菊花解毒之冠
石膏知母泻火清热
黄连黄芩苦寒同性

银胡柴胡黄连连手退虚热
大戟芫花无坚不摧
防风防己祛风又祛湿
苍术厚朴燥湿还宽胸

金钱草鸡内金软坚可化石
猪苓泽泻利水又渗湿
肉桂附子能祛陈寒痼冷
大蓟小蓟能挡住不归经之血

半夏贝母可消饮化痰
紫菀冬花止咳平喘
平肝息风选钩藤天麻
开窍醒神有苏合香冰片

补虚是诸"参"所长

补阳有苁蓉、巴戟
补血定是阿胶熟地
滋阴乃为两冬所主
收敛固涩河子石榴皮
活血化瘀桃仁红花
姊妹无事各行其所
医者所需
精诚合作同心协力

煲中药汤祛百人疾

遵先祖古训
通医方医法
敬祖父传教
汇千张医方

治妇人不孕
探究其因
肾虚择右归饮为底方
气血两虚选八珍、四君子（汤）
补血有四物（汤）
化瘀挑失笑（散）
消炎五味消毒（饮）
调经逍遥与生化（汤）
肝气不舒择柴胡（汤）
温中祛寒有理中（汤）
消食导滞保和（丸）
镇惊安神磁朱（丸）
表虚自汗玉屏风（散）
解表攻里防风通圣（散）
调和肠胃半夏泻心（汤）
气血两清有清瘟败毒（饮）

涩肠固脱真人养脏（汤）
固崩止带固经（丸）
能为活血化瘀有血腑少腹
安胎养胎投泰山磐石（散）
医有医法
方有方规
千方千药
医者智也
洞察秋毫
明斯方理
药症相对
妙方千效

魅 力 所 在

友谊的魅力在于真诚
情感的魅力在于长相守
思念是对爱的回忆
惦记是对爱的嘱托

距离是产生美的准绳
沟通是亲密的轨道
爱情的魅力在于新鲜与多变
家庭的魅力源自安宁与舒畅
生命的魅力是每天都迎接新的太阳
事业的光明在于收获的季节
矛盾的人性告诉人永远难以满足
每一个人的魅力所在是
找到属于自己的生活

闲 情 逸 致

沏一杯热咖啡
洗一个热水澡
喷上淡淡芬芳的香水
穿着宽松的睡衣
坐卧在摇荡的躺椅中
看着吸引的连续剧
心多么怡然
人多么舒畅

给家人做一顿饭
给地板打上蜡
把所有的衣物洗净

披着长发系着围裙
把家具擦得铮亮
心情是那样的好

等着放学归来的孩子
迎接回家的老公
饭桌上摆着热气腾腾的饭菜
心情是那样的好

做一个爱家的女人
做一个喜欢家的妇人
做一个爱孩子的妈妈
做一个知冷知暖的妻子
平淡中享受生活
生活中享受天伦
这是一种情趣
这是一种收获
这是一种幸福
这更是一种心情

紧握手中笔

紧握手中的笔
把世界的奇妙刻在脑海中
用一点一滴的蓝色墨水
记下生活浪潮里的篇篇章节

用铅笔
勾勒素描幼童时代的天真
用圆珠笔
画出语言的音乐线谱
用钢笔
撰写青春的隶书
用毛笔
挥洒人生的豪迈

紧握手中的笔
连接人生辉煌的轨迹
捕捉思维跳跃的火花
像在认真豪刻事业的丰碑

紧握手中的笔
把爱河倾洒

把情意卸闸
把创意喷发
把人生描绘

风吹云飞

湛蓝湛蓝的天空
飘着淡淡的烟云
它时而轻薄
它时而厚重
它无声无语
它形态万千

风是它的舞伴
带着云在蓝天中漫步
风是它的乐师
在风的震撼下
催得云雾泪水涟涟

云在风的追赶下
翻卷飞奔咆哮
云走了
是风把它吹散了
云跑了
是风把云吹飞了
风吹云飞
把天空的色彩也改变了

做一个健康快乐的女人

有几个知根知底知心的朋友
有几首爱哼爱唱的流行歌曲
喜欢几项又蹦又跳的娱乐活动
有一份终身喜爱并为之奋斗的事业

累了苦了
心高兴
闲了
可以和朋友聊天
闷了
烦了
枯燥了
可以唱一唱舒心的歌儿
胖了
懒了
乏了
可以做几项运动热热身

做女人
要做健康的女人
做女人

要做快乐的女人

最好拥有旺盛的精力
最好捧一本催人奋进的好书
锻炼自己有一个巧思创新的头脑
加上那永不满足的求知欲望
遇事沉稳
更新进步
你说,你不快乐谁快乐?
你想,你不健康谁健康?

我心中你最重

在两片秋叶
落定世间
带着前世的心间烙印
带着一双深邃的慧眼
一生一直都在人世间寻找

不知道你的模样
不知道你的姓名
不知道你的所在
不知道你生活在何方
跟着感觉
扶着命运
在千丝万缕的光环中
搜寻你的双眼

找到了
问苍天
你是否是我日夜寻找的人？
找到了
问万丈青云
你是否是前世签约的人？

就是你
让我心动
就是你
在我心中最重
从此我要和你携手
一起共度精彩人生

如果爱能永远

如果我的爱能永远
我在找到它的时候
我就会告诉它
我要永远

如果我的爱能永远
我会在有爱的生活中
把爱抒发得万般浪漫
如果我的爱能永远
我会在爱结束的时候
真挚地谢谢我的爱人

爱是可以永久的
爱更是能够永恒的
爱是在前世
已经让上苍把他们的
灵魂搅拌在了一起
爱吧！
相信你爱的
不是如果
而是一定

我愿一直陪你

在这纷繁的世界
有人哭有人笑
有人说有人闹
红尘中有太多的茫然
人海中有几个知己

有没有一种爱
能让你不受伤
有没有一种情
能时刻怀抱着你

我的爱人
你别难过
我依然爱着你
你的苦我有感受
有多少知心话
要与你倾诉

有多少路
愿伴你一起走

我会一直在你的
心灵深处
愿一直陪你走到
人生的尽头

泪向何人流

在成熟的季节
花儿伴着蝴蝶飞
燕儿随风翩翩舞
秋雨打着枫叶
心却跟着云儿在飘移

落花流水似无意
曾经浓烈的爱
被伤痛撞击得支离破碎
向谁述说？向谁哭？
泪向何人流？情为何人留？
心不知在何处落定
当憔悴的心呻吟时
只有自己安慰苦难

让痛恨从梦中醒来
给心插一双会飞的翅膀
让它到蓝天中翱翔
忘记过去
忘记曾经
忘记誓言

去在长空中急驰
去在风暴中洗涤
去经受雷电的检验
去证实最真实的现实

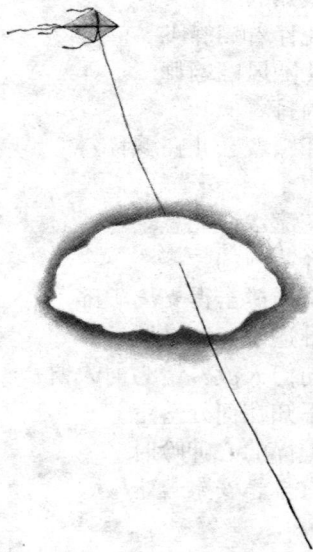

心

揣着一颗心
走过沉甸甸的暮色
有一双清澈的眼睛
看见它挥洒无声的泪水
看到它杯盏交筹中的辉煌

这颗心
虽然曾经那样娇嫩
但确经历生活的磕磕绊绊
确实经历人生的飞扬跋扈

蓦然回首
听到苏醒的脚步
像新发的芽
染绿满山遍野
催开万重云霄

看不出丝毫
这颗心有冬天走过的痕迹
映出的是
低语声中

缓缓流淌的河水
是爱和温馨的对白

曾经的伤痕
早被春风吹散
那温暖的阳光
让这颗心
正追随
奋斗的新梦

爱创造奇迹

枯木百年
能创造绿色的奇迹
干裂的枝节
能萌发出
无尽的生机

待到冬雪飘逝
万叶鸣春
那我们的爱呢

无边的草原
陪伴无际的天空
快乐的绿叶
在幸福地旋转
迎接春天的到来
迎接澎湃的生命

是生命让我接受经历
是绿色让我渴望体验
是生命创造爱的奇迹
是奇迹谱写爱的赞歌

痛饮悔恨泪

她依靠自己的努力拼搏
凭借睿智的思维
在灯火阑珊的城市
找到了她的立足之地
有了收入丰厚的工作
并寻找到了心中的爱

她和他情意绵绵
她和他如胶似漆
他们携手走进婚姻圣殿
过着属于他们的美好生活

由于她的倔强固执
在与世俗偏见的抗争中
他的家人嫌她来自遥远的乡村
挑唆分离他们的情感

爱人的情感之线
偏离了轴心
为了家庭琐事

争吵不休
坚强的她不依不饶

愤怒让她变得孤单、脆弱、偏激
痛心让她失去理智
她的嫉妒在心中燃烧
她选择了斗争
她拿出亲手缔造的爱情赌博
换回来的是
判别离异的苦果
剩下的只有大滴大滴的眼泪
陪伴她度过每个不眠的夜晚

都说真爱不变
都说真情永存
只有在粉碎和失去的时候
才让人痛心不已
只有在失去后
才感到情与爱难舍难分
才懂得爱最珍贵

失去的如流水
千祈万盼唤不回来
过去美丽如昙花一现
彻夜寻思
花无期

只悔这痛心的泪
夜夜在心中流
只悔这真情的泪

已无人问津

孤灯撑焰
黑夜弥漫
难安歇
难寝食

人离情未走
人走情还在
心分情不分
心痛情亦痛

痛恨自己的草率
痛恨自己的鲁莽
痛恨自己的倔强
痛恨爱的娇弱

悔恨天地无情
悔恨万般无奈
痛恨痴情不移
痛饮悔恨之泪

热 血 玫 瑰

你是上苍抛洒的花籽
是血水亲情浇灌的花蕾
你有友情衬托的绿叶
你有春雨爱的滋养

是风的精灵
让你如此美丽
是大地恩情
让你在花中屹立
你是一朵开不败的玫瑰

你的高贵
你的情怀
你的勇敢
你的刚强
都告诉了我们你是一朵不凡的热血玫瑰

在你悄悄绽放的花蕾中
珍藏着聪颖
在你传递的花香中
你送给了我们温和严肃

带给我们沉着冷静
你是时代最艳丽的花朵

我们的热血玫瑰
理性让你自由
法则让你坚强
你的伟大
是因为你平易而厚敦
你富足
是因为你心中珍藏万紫千红
你是大自然的宠儿
是你对生活的眷恋
历练了你的美丽与阳光
是你对世界的热爱
才把春天点缀得如此绚丽

真实的爱有缺失

梦想爱的未来
圆满浪漫的温馨
在誓言下
把一颗心放得平平坦坦

生活的足迹
让爱充满了苦涩
这杯爱的咖啡中
有苦也有泪

爱不仅仅是给予
爱不仅仅是付出
爱需要奋斗
爱需要磨练

真实的爱很充实
真实的爱很平淡
真实的爱里有甜蜜
真实的爱中有内涵

真实的爱离不开生活

真实的爱走不出现实
生活的艰辛告诉爱的理由
时间的穿梭证明爱的真实

人生原本就是与奋斗赛跑
人生时刻都在接受考验
真实的生活
真实的爱
让我们的每一天都不一样

只要追求爱
就应珍惜爱
爱的精华是——真实
真实的爱是有缺失的

重 叠 的 心

你知道吗
心是可以重叠的
为了报答父母的养育之恩
要翻阅一片孝敬的心
让父母感受孩子的爱
让父母享受精神上的安慰
找到精神的寄托
我们经常要把自己的孝心审视

为了爱又要选出一片爱心
爱自己的爱人
爱自己的亲人
爱自己的友人
用爱心、热心、诚心
让爱人、亲人、友人愉快

为了工作
还要打造一份事业心
努力学习
勤奋工作
拼搏进取

在事业的田地里
辛勤耕耘
为生活点燃火炬

为了调整自己
再开辟一块闲心
让自己学会喘息
学习思索
学会反省
学会总结
学会改变

把孝心、爱心、事业心、闲心
重叠放好
这就是一颗充满热情的心
是一颗激情跳跃的心

这颗重叠的心屋
在热爱生活的人心中
是会开出
花瓣、花香，飞出花絮
让他生活得
有声有色
有情有趣
有滋有味

讲述陈旧的故事

心
曾经如玉而碎
情
确烈焰未泯
人虽然憔悴恍惚
爱
仍然一如既往

多少回
脸上淌下的泪水
不知是甜是咸
为情为爱付出的真情
已向燃烧的红霞化作彩云

走进春天
花香扑面
走进炎夏
手捧骄阳
走入秋景
怀抱丰收的硕果
走出冬雪
白雪铺地无伤痕

忘 记 悲 伤

心
被无情无义碾伤过
但对真情难以抛下
心虽然被痛苦摇醒
但对爱的向往
确日益鲜活

悲伤的过去
像暗无天日的沉闷
难以忘怀的苦衷
让人跌入噩梦的峡谷

再悲哀
都是往日的烙印
但走过的痛苦脚印
确在泥潭中浸满了污水

曾经的天真幼稚
伴随着无数个年轻的错误
虽不愿再提起
但它仍然在心中扎根

怎样才能拯救这颗心
怎样才能弥补太多的过错
在山间徘徊
在犹豫中哭泣
是振奋让心苏醒
是春风把心呼唤
人生的继续
是让心永远拥有希望
是觉醒、奋进、拼搏
让心忘记悲伤
忘记过去
去勇敢地追寻心中的太阳

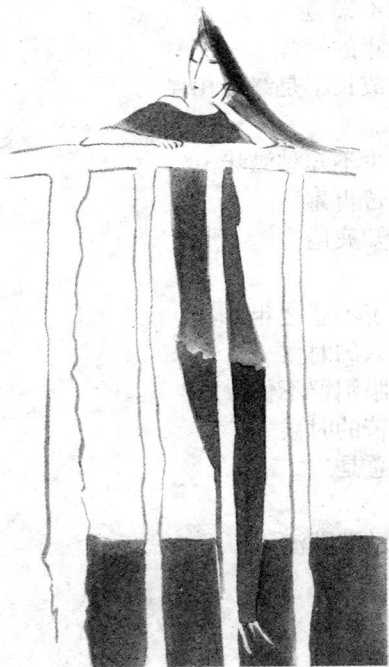

她的眼里为什么总噙着泪水

她不知道
晴朗的天空
会突然阴云翻滚
她不知道
少年的幸福
和成长不是终身相伴

年少不知愁滋味
再苦再累
不知疲倦

到了不惑之年
高兴的时候
把眼泪留不住
痛苦的时候
也总是

自己默默流泪

她太脆弱
是因为她

心中没有了自我
她太爱伤心
是因为想做的事
总是不能如心如意

她的泪水
是她心情的表述
她的泪水
是她失去自己无奈的象征

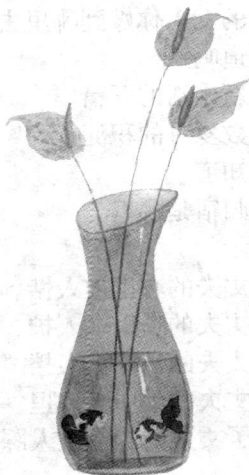

嫁到哪里去了

年轻的时候
用骄艳等待爱情
用细润追赶幸福
用甜美回忆往事
用温柔包裹婚姻

嫁出的女人你嫁到哪里去了
你知道吗？
只有新生活的开篇
和无数岁月的积淀
你才知道
你的归宿是哪里

嫁到丈夫的心里被人惦
嫁到丈夫的嘴里被人护
嫁到丈夫的怀中被人搂
嫁到丈夫的手中被人捏
嫁到了丈夫的脚上被人踩

怎样改变厄运
怎样把握幸福

怎样调整错位
怎样化解悲愤

婚姻告诉我们
幸福在自己手中
只有认真做人
只有拥有知识
只有拥有爱心

你就不怕失落
你就不会伤心
你就能主宰命运
你就能抱住情和爱
你就能享受生活的快乐

迷 失

女人最大的困惑
就是迷失生活的方向
不知道自己在做什么
不知道自己为谁而活
不知道自己的生存价值
不知道自己的前途和未来

女人是水做的
女人是为爱而活着的
女人的根本是母亲
女人的信念是家庭

被爱迷失方向的女人
不知道爱的路途怎样走
迷失了双眼的女人
不知道回家的路

千万要擦亮你的眼睛
用知识照亮行走的方向
让修养的内涵把迷失的思绪
整理清晰
找准自己的人生目标
找到自己回家的路

八月秋雨桂花香

重阳秋风临
万菊笑无语
梧桐叶色绿
金凤闻香来

琴声瑟瑟
月照人
八月秋雨桂花香

迎春红梅傲冬雪

腊月寒风吹
霜雪梨花放
冬雪飞漫漫
喜鹊俏枝头
银山四处寂无声
迎春红梅傲冬雪

心 愿

我的心愿是
把善良寄存在心里
让美德镶嵌在花里
把友谊镌刻在时间上
让爱凝结在岁月里

没有过多的索求
不要烦心的思绪
只有平安健康
已随我心我愿

无影灯下的纤纤玉手

成熟的她
身着洁白的衣帽
脸上带着温柔自信的微笑
像往日一样
在病人家属的注目下
款款走来
轻轻推开手术室的大门

在无影灯下
她那炯炯有神的双眼
时刻凝视着血染的手术视野
闪闪发光的手术刀
在她的手中穿梭
一双纤纤玉手
在不停地钳挟、打结、沾擦
她的双手在术中麻利、快捷、有条不紊
是这双纤纤玉手
在光浸泡了无数春秋的学习、练习、实习后
能准确地切开、缝扎，祛除恶疾
拯救苦难的病人

是这双纤纤玉手
带着对知识的渴望
带着对每一位病人的爱心
带着对事业追求
带着她的聪慧、灵性、自悟
在那耀眼的无影灯下
用自己的心血修复他人的青春
用智慧和爱心迎接新的生命
用热血和真情雕塑未来

每一个手术结束后
她总是那样从容地摘下手术手套
当她走出手术室时
等候在门口的病人家属
感激的热泪涌上心头
透过晶莹的泪水
我们共同看到
刚刚沐浴后被病人家属
紧紧握住的那双纤纤玉手
是那样的修长丰满
是那样的洁白柔美
是那样的可爱诱人

送给您三十六朵康乃馨

在爱的春天里
当你萌发理想的火花时
我就在寻找美丽的康乃馨

风雨同舟
共同奋斗
当你蓬勃发展时
我就开始在我的心中种下温心的康乃馨

岁月峥嵘
斗星转移
当你走向辉煌
走向成功时
我就把珍藏在心中早已开放的康乃馨
用我所有的积蓄从花店兑换出来
默默无闻悄悄地放在你的办公桌上

让灿烂鲜艳的康乃馨
带着花香
带着深情
带着对爱的回忆

静静地
围绕着你
拥赖着你
陪伴着你

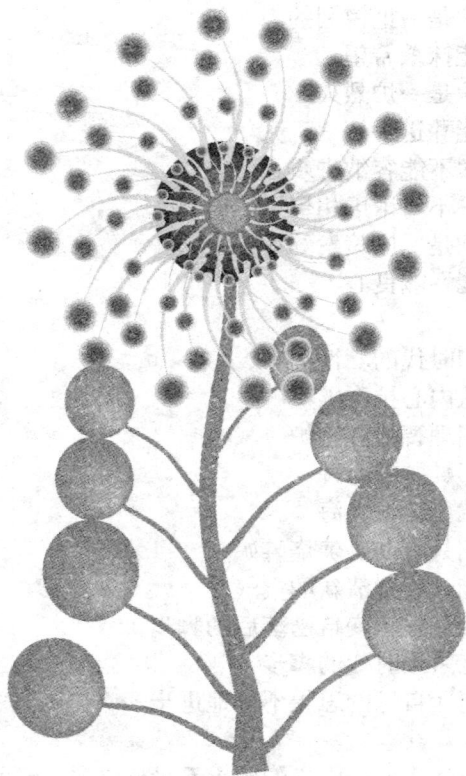

焚 烧 嫉 妒

嫉妒是一把锐利的刀
它能抹杀希望
嫉妒是一炉烈火
它能葬送一切
嫉妒不能容纳进步
嫉妒不与谦虚相聚
嫉妒是一座喷发的火山
它能吞噬良心

我们时代的女性
要从内心抗击嫉妒
要用理智战胜嫉妒
有了嫉妒的心理
你就会坠入大海
我们只有彻底焚烧嫉妒
才能呼吸到清新的空气
才会调整转变自己落后的脚步
才能紧跟时代的脚步
才能让自己的思想不停地进步

你若是让自己内心的妒火吞没你就是一只烧鸡

若你与嫉妒之火相伴你就是一只乌鸦
你若能跨跃燃烧的嫉妒之火
你就是一只再生的火凤凰

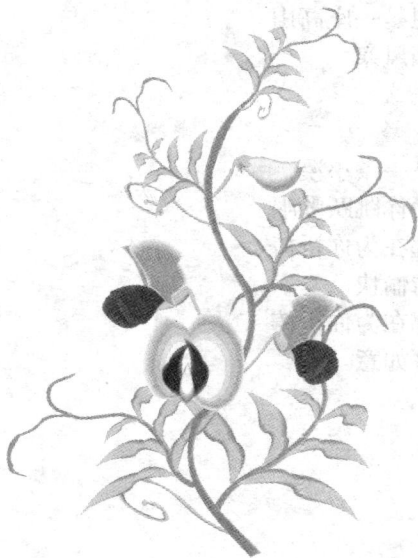

祈　祷

我多么想是一片
飘动的祥云
为你洒下雨露滋润心田
我多么想是一座高山
为你遮挡风寒
温暖心扉

我更愿是一条小溪
不停地为你跳跃歌唱
我时刻都在为你祈祷
愿你心情愉快
我天天都在为你祈祷
愿你事事如意
万事顺风

彩 云 追 月

见到你的那天
我的心就被你牵动
虽然你对我
漠然不睬

我不知道为什么
我的双眼在时刻追随着你
我不知道你的平凡举止
让我心醉

我像是从梦中走来
更像是那彩云追月
我要紧紧抓住这瞬间的闪电
不能让这与世俱来的情缘
随风飘逝

含 情 脉 脉

幼小时被父母娇宠
泡在甜甜的蜜罐里
搂在暖暖的心窝里
举在高高的头顶上
放在绵绵的软被中

长大后
带着长满刺的双角
在生活的浪潮中
翻滚跌撞
不知友爱
不懂谦让
丢失宽容
只有自我

严峻的生活告诉她
任性会受到创作
放纵会被撞击
刚正不阿竟折腰
不学无德会脱轨
而立之年

用觉醒抚摸痛苦
用智慧擦拭泪水
是真理
摇醒迷惑不清的思绪

生活需要真爱
要懂得孝敬父母
工作需要友情
寻找美丽的家园
家庭需要温暖
学会领略真爱
人情世故需要顺应
她才能被纷繁的世界所接受

青 山 绿 水

唤出千朵云
邀来万重山
铺平条条路
架上彩虹桥

洒下阵阵雨
浇开束束花
青山绿水鸟啼鸣
万紫千红梦如画

全 职 保 姆

从走进婚姻殿堂的那天起
我和你就已奏响生命的交响曲
每天跳跃的音符相撞
为了家
手中的抹布丢不掉
从里从外天天忙
腰间的围裙摘不下
慌慌忙忙灶台转
手里的碗永远在洗了又洗
窗前晾晒的衣服是收了又挂
客厅卧室不停地拖扫
走进走出眼里的活干了还有
曾经
肩背上驮着爱情的结晶
天天在路旁等车
头顶骄阳和风雨
每天接送自己的果实
把每顿的饭菜送来端去
还要在餐桌前
陪着明天的希望读书写作业
学校是常客

经常被老师加训点评
朋友请客
屡屡推辞或迟到
春夏秋冬
省吃俭用定时跑银行
还要克扣自己留积蓄
一条熟悉的老路
一路不变站牌的公共车
就这么来来回回
在喧嚣、熙攘、平淡中
拥抱着青春、年华、岁月
悄悄走进夕阳

为了家
时刻抱着爱
就这样
年复一年的
重复着上班、下班、孩子、家庭
就这么
永远地不疲不倦不怠……
地劳作、奉献

绝 对 优 势

翻阅年轻时刻下的记录
她和他真心相爱相知
春天的桃花在成熟的季节绽放

二十年前
她
青春朝气
聪慧伶俐
脸上映着美丽
身上飘着芬芳
她
不嫌他的瘦弱单薄
她
不怨他的稚嫩贫苦
她虽有绝对优势
但她只爱这热血男儿
爱他的热情
爱他的真心
爱上苍赐与她的缘

二十年后

他在奋斗拼搏
他在浴血激战
他有了才学风度
他有了风趣幽默
他有了成熟的思维、迷人的气质
漫漫长夜
漫漫路
拥有这成熟、成功、成绩的他
在获得绝对优势的今天
还会一如既往地
爱那个
曾经年轻的她吗？

婚姻留言板

在婚姻的留言板上
沉默的人写下
婚姻是一种人人都要经历的历程
只有亲身走过才知道它的艰难
乐观的人留下
婚姻是一种幸福
有爱和享受爱的婚姻生活就有滋味
淡漠的人轻叹
婚姻是一种形式
每一个人都有一种自己的活法
失望的人呐喊
婚姻是一种泡沫
随人的欲望与索求存亡
放纵的人留下
婚姻是条枷锁
只有挣脱才能快乐
极端利益的人默语
婚姻是现实与利益的组合
不在此中抓捕利益和实现欲望
决不在婚姻中屈服
平淡的人写下

婚姻是一种责任
只要坚守就有收获
失败的人刻下
婚姻是一场没有硝烟的战争
为了争当主宰
最终用消亡告别创伤
一位哲人总结
婚姻是生活的主题
你对生活严肃
生活对你就灿烂

爱与不爱的界限

爱的时候
激情四射
神魂颠倒
迷惑不清
喜悦的笑容无法掩饰

不爱的时候
神情倦怠
痛苦悲哀
惆怅无语
失魂落魄
眼里布满了忧郁

不论爱与不爱
只要是真心投入
只要是如愿以偿
不论爱与不爱
同样刻骨铭心

青春在这里燃烧

拍打理想的翅膀
落定欢心的梧桐
在希望的田野里
她夜以继日地勤奋学习
认真耕耘美丽的绿洲

她捧着一本打开知识宝库的钥匙
她俯下身子在自制的包袱上练了又练
练缝扎、练打结、练静脉穿刺
每当在临床见习中稍有感悟
便毫不怠慢地拿起手中的笔
记了又记、写了又写

她没有累垮
她没有倒下
她知道只有学习学习再学习
她才能看到青春的倩影
她抓住了多少思绪的火花
她点燃多少自己心中的梦想
她读了多少知、乎、者、也
她努力认真地记了多少心得体会

她记不清了
她只记得从一无所知
到蹒跚学步
从泰然处事
到游刃有余
从看别人做
到学别人做
从自己会做
到打破常规敢创新

是知识和勤奋
让她微笑
是谦虚和热情
让她从容
是责任和义务
让她精湛
是那不尽的情缘
让她对自己热爱的事业
永不停顿
她愿意让自己的青春岁月
在她爱的事业中燃烧

把　握

你喜欢的
不一定是好的
你不喜欢的
不一定是错误的

做人各具品格
做事别有风范
若求问心无愧
就得时刻把握道德和良心

生活是一面哈哈镜
生活是一朵带雨的云
真真假假
虚虚伪伪
对对错错

都能用心去体会
都能用情去丈量
很多甜蜜的语言
背后埋藏着陷阱
多少美好事物的后面

掩埋着罪恶与背叛

好好把握人生
好好把握情感
做一个有理智的人
做一个有道德的人
做一个纯洁的人
做一个让自己永远幸福的人

留在身边的才是你最爱的

多少次多少年的茫然
不知道自己一生中的最爱是什么
花了多少心血
花了多少时间
在无奈中寻求
一双搜寻的眼光
留给心中无限遗憾
总是在凝视梦中的神怡

忘却了她
忘却了始终在你身边的她
总是默默无闻
总是勤勤恳恳
总是任劳任怨

爱是生活的全部

我选择了爱
我就不后悔
我认真去感受爱
我就不留遗憾

在生活的世界里
我用我的双眼
期盼我的爱
我用我的双手
编织我的爱
我的心血
描绘我的爱

我要用语言
表达我的爱
我要用行动
呵护我的爱

我用手牵着我的爱
我用情系住我的爱
爱是生活的全部

爱是生命的主题

有爱生活才精彩
有爱生活才有新意
有爱生命才有意义
有爱事业才能辉煌

女人的脸 女人的心

女人的脸最喜欢白净
女人的脸最怕烈日灼晒
女人的脸最喜欢晶莹剔透
女人的脸最怕风吹雨淋
女人的脸最喜欢微笑喜欢忧愁
女人的脸最怕苦闷更怕悲哀

女人的心可以像大海
女人的心也可以似针眼
女人的心可以像星空
女人的心也能如井底

女人的心最软
女人的心最硬
女人最容易说服
女人也最坚强

为什么女人的心事
可以在脸上找到
为什么女人的年龄
与女人的心理不符

需要粉饰的女人
灿烂的时光不长久
没有知识的充电
女人的娇媚更短暂

女人要学习内涵
女人要增进修养
女人要知识更新
女人的脸才吸引人
女人的心才永远晴朗

它能给你什么

作为对手
它能告诉我珍惜生命
它能告诉我必须超越
作为敌人
它教会我思考与冷静
它教给我浴血奋战
它教给我宁死不屈

作为朋友
它送给我激励
它带给我希望
它让我感受真情
它让我柔情绵绵

生活的目标
生活的友情
生活的真谛
像一面飘扬的旗帜
总在指引我们用一生追寻

当你战胜对手

当你突破封锁
当你练就钢筋铁骨
当你一路上有朋友相伴

你就是胜利者
你就是喜悦人
你就是一朵幸福的花
你就是一个温心果

有机会咋选择

有一个机会展现
你将怎样选择?
是努力冲上去抓住
还是悄然退缩?
是大胆尝试
还是默默放弃?

一次挑战来临
你是妥协
还是迎接?
你是为之付出
还是匍匐倒下?

我们要有一双善于发现的眼睛
我们要有一颗执著探索的心灵
我们要有一股战无不胜的勇气
我们要有一种开拓进取的精神

我们不要感叹没有机遇
而是深究你有没有
抓住机遇

创造机遇
挑战机遇
演释机遇的能力
这是用心、用脑、用智慧强力组合
完成的闪电

给我一点时间

冬雪融化的时候
需要时间
春暖花开的时候
需要时间
秋季成熟的果实
需要时间
夏雨滴落的日子
需要时间
请你多给我一些温柔
请你多给我一些温暖
请你多给我一点真实
请你多给我一点感觉

让我想一想
让我比一比
让我掂量一下
让我细细体会

给我一点时间
让我把世界看清
给我一点时间

让我把你剖析
给我一点时间
让我好好思考

我会耐心等待
我会认真比对
我能作出正确判断
因为真情真爱在时间的双眼里
在时间的检索中
在时间的筛孔上
因为真情真爱是容不得半点虚假

无法丈量的博大

人最大的难过
莫过于心里不平衡
人最大的痛苦
莫过于人与人之间的误解

人最大的伤害
是经历背叛
人最大的喜悦
是与朋友相拥人生的酸楚
只能与亲人述说

亲情的距离和情爱
无论是近
无论是远
它都无法丈量出
真正的博大

詩歌散文集

千千万万做好人

你以为天下的人
都要可以骗过
你以为曾经对
别人的伤害别人都已忘却
你错了
也许你曾播下许多花卉
也许你为社会留下许多美好
别人可能都记不清了

但你对别人的伤害
你对别人的刻薄
你对别人的欺凌
都如同烙在石上的烙印
永远无法冲洗掉

为人要以和善为主
对人要以真诚相待
对事要从柔从宽着手
做事要以德以圆善终

多给别人一些宽容

多给自己一些余地
多为别人做些奉献
多给自己一些警示

千万不欺人
千万不伤心
千万不过分
千千万万做好人

让你的生活甜美

人生的长度
它不能改变
但人生的宽度
它可以通过学习、探索加宽
人生的深度
也可以通过内敛、钻研进取加深

一个人的命运
是上苍注定
命是不可变
运则可以变
运气可以在你
平凡的脚步下
淡淡的微笑中
无私奉献和善良里
改变、高涨、飞腾
让你运来铁似金
让你蒸蒸日上
让你生命的质量纯朴
让你生活的水平拔高

凄　美

经历命运的颠簸
感受命运的低谷
在秋风霜雪里
扫拾凋零的落叶

无辜的伤害
无风的险浪
无情的摧残
无声的卷袭

跟脚不稳
心血悲愤
孤心无依
泪雨涟涟

狂风卷暴雨
残云袭缺月
泪水沾飘发
湿衣连袖襟

孤身独影

雪山苍穹
无言寂语
凄美……凄美……凄美

女人怎样爱护您的生命

您有理由选择富贵
但您却无法推掉劫难
您有权力选择幸福
您却不能决定厄运
您有权力改变自己
但您却无法决定他人

这不仅是道理
最主要的是真理
让我们热情地对待生活
真诚地对待亲人、朋友、同志

我们应该让自己活得端庄
让自己生活得坦然
让自己生活得潇洒
让我们生活得有价值

我们要认真对待生活
认真爱护我们有意义的生命
用真、善、美来净化心灵
用回报感谢帮助、关心、支持过我们的人

把幸福写在脸上

努力找到人生的目标
脸上洋溢着幸福的红晕
用温柔的眼睛
与爱侣传达芬芳的情意
拿喃喃话语
回味爱的旅程

用灵巧勤劳的双手
编织谱写生活的交响曲
用无际的挚爱
养育爱的结晶

温馨的家园
荡漾着爱的春风
一家互敬互爱
生活有滋有味

在爱的召唤下
在工作的岁月里
处处尊重他人
时时与人和睦相处

用智慧点燃心中的蜡烛
用知识添补遗憾的缺失
用谦逊修饰矫健的身姿
用爱温暖自己的心田
让我们的家幸福快乐
让我们的工作一帆风顺
让我们的孩子健康成长
让我们的幸福的生活写在脸上

有裂纹的脚后跟

我是多么的爱他
喜欢他的白皙
喜欢他的文质彬彬
喜欢他们的共同事业
喜欢为他付诸一生的爱

他知识渊博
他风度翩翩
他满腹学识
他两鬓白花

有一天
她的爱人要到外地讲学
她为他整理衣物
她为他收拾行囊
她用她平淡而深厚的爱
搀扶着把他送到车上

一路白雪
荒垠无际
一走就是十几个小时

两颗心也越走越远了
来到遥远的新课堂上
老学者的举止言谈和才华
很快倾倒
教室里求知若渴的学员们
学子们的眼睛里
闪烁着兴奋和激动

大家敬慕我们的老学者
抓紧时间争先恐后地提问题
不停地与老学者
探讨、交流、沟通

茶余饭后
大家仍然沉浸在兴奋之中
老学者还带来了一位"亲戚"
与大家一起就坐

远道而来的"亲戚"在桌前
缄默不语
她年轻靓丽
穿着时尚
一连几天与老学者
形影不离
大家的目光中渐渐充满疑虑
授完课
老学者和他的"亲戚"走了

一天后单位在寻找老学者
老师和同学们都不约而同地说走了

电话打到了老学者家
老学者的爱人
用甜美的话语说
老学者到外地讲学去了
要两三天才回来

老学者的爱人老了
对老学者的爱
爱到了深信不疑
老到了对自己的爱
不容置问
老到了一双眼睛时常
紧紧闭着
老到了
在老学者不在的时候
只是牢牢注视着自己那双
有裂纹的脚后跟

接受朋友发来的短信

×××8766
夜色因繁星而美丽
人生因相爱而美丽
朋友因信任而意合
情人因付出而珍惜

×××3477
淡淡烟云淡淡愁
淡淡明月上西楼
淡淡流水溪间过
淡淡鱼儿水中游
淡淡酒解淡淡愁
淡淡的情意彼此有
愿淡淡的岁月里你无忧

×××5606
事业是女人福贵的保障
修养是女人毕生的财富
家庭是女人祥和的根本
健康是女人幸福的基础
祝优雅自信的魅力女人

快乐每一天

×××3307
曾经爱你是真的
依然爱你也是真的
情人节里
让我把这份爱
汇成涓涓细流的祝福
祝愿朋友情人节快乐

×××2415
勤劳的女人看手就知道
聪明的女人看眼睛就知道
高贵的女人看脖子就知道
热情的女人看嘴就知道
完美的女人看她的内涵就知道

×××107
就算穷得没有一粒米
我的世界至少还有你
就算富得钱当纸
我的世界也不能没有你
就算只剩一毛钱
最后一条短信也要发给你

×××8563
一条短信
一点距离
一种心情一份牵挂
一声问候一颗真心

一片温馨一个愿望
一起祈福一切如意

×××5333
以粗茶淡饭养养胃
以清新空气洗洗肺
让灿烂阳光晒晒背
找个朋友喝个小醉
忘却辗转尘世的累

慧玲寄语

有一份牵挂的情传到电话的另一头
有一份情感在心里积攒
有一份怀念忽远忽近
你的幸福是我的心愿

清茶中感觉的是回味
白水中体味的是生活
信息里传递的是心情
问候中有我最真心的祝福

女人这一辈子挺难的
漂亮吧太惹眼
不漂亮吧出不了门
学问高了没人娶
活泼点吧说你疯
矜持点吧说你冷
会打扮吧说你妖
不会外语说你傻
自己打拼挣钱吧
男人看了又害怕
让男人养吧说你懒

生孩子吧要误事业
不生孩子吧男人留不住
善良吧男人把你不当回事
对他真心吧男人把你甩
这岁月做个好女人
真是难、难、难

送你一份关心的祝福
紧张时放松自己
艰难时善待自己
烦恼时安慰自己
开心时祝福自己
发薪时犒劳自己
忙碌中爱惜自己

无论冷暖寒暑让关心永远
不论相遇别离让思念永远
无论贫富贵贱让友谊永远
无论成败得失让希望永远
无论坎坷平坦让快乐永远

问候是一只船能把情送远
祝福是一把伞伴你走过阴雨天
寂寞的时候有我
所有的坎坷化作烟云

寻 找 真 爱

寻找爱
是为了找到前世的烙印
寻找爱是为了证实从前的诺言
寻找爱
是为了返回泊船的港湾
寻找爱
是为了重温栖息的暖巢

找到真情
撑开的翅膀才会飞翔
感受真情
才能在席间恬淡
找到真爱
才能把灵与肉锁心里
只有在不断的寻找中
只有感受到真诚的爱
才敢让奔走不息的脚步停歇
才能让自己的人生无怨无悔

回 味 平 淡

反反复复
重重叠叠
每天虽然都在翻阅
人生的新篇章
仿佛读不懂的岁月中又有好多新意

只有那淡淡的一杯茶
热热的一碗饭
一件件洗净熨平的衣裳
还有那打开、叠好，又打开的被子
在和我们一起重复每一天的平淡

每天的问候是一样的
每天的感觉与从前一样
每天面对一阵阵的沉默与无语
就这样相伴无声
就这样相伴无语

谁都没有感觉在老
谁都不知道自己在变
平淡给家庭带来宁静

平淡给爱人送来清心
平淡让每个人从容
平淡留下的是无尽的回味

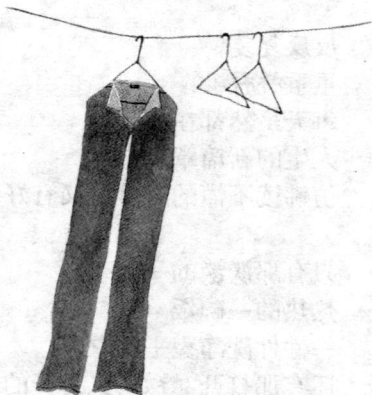

美满幸福的婚姻来自细节

激情碰撞的硕果
迎来婚姻的启航
在人生的海洋中漂泊
婚姻的帆时起时落

流逝的岁月没收了所有的神秘
就连那
男人喜欢隐匿自己
女人喜欢暴露弱点
都被郁浓的生活浪潮
涮洗得荡然无存

剩下的只有
在小憩时
热情真诚地为你斟一杯美酒
在困惑时
温馨地与你一起赏月
记住你的每一个生日
惦念你不在身旁的每一个日夜

经常用电话信息

沟通无限心灵
送给你醉人的心花
载上难忘的浪漫风情

让宽容海纳百川
让爱心柔美如水
送给你无边的倦恋
把平凡与平淡的爱
融化在婚姻的海洋中
让漂泊的船
永远在爱河中长行

芦 苇 花

是风告诉我
你在河边等待
是雨告诉我
你在水中玉立

你从不喜欢喧嚣
你从不离开水乡
不论多么寂寞无奈
你总是在水旁摇扶

青青芦苇
青青草
青青苇叶
茸茸花

喜欢让风驮着它飞
喜欢让雨卷着它跑
从来不诉说苦闷
喜欢在开花的时节
随风作雪
飘飘扬扬

无 所 谓

无所谓
对你的所作所为早已习惯
无所谓
不用再一次又一次的道歉
到最终仍然不改变你的谎言

无所谓
我早已无所谓
人总是要慢慢长大
在品尝爱的咖啡时
本来就有苦有甜

无所谓
人从生活中走出
就能感受撞伤
人就会在磨难中成长

无所谓
我早已无所谓
我已不会总是泪眼矇眬
我早已从往日的困惑中走出

人生最大的……

人生最大的财富是健康
人生最大的欣慰是奉献
人生最大的错误是自弃
人生最珍贵的礼物是宽容

人生最可贵的品格是诚实
人生最大的破产是绝望
人生最大悲哀的是嫉妒
人生最大的失败是自大

人生最大的债务是欠情
人生最大的无知是自欺
人生最可敬的是进取
人生最大的敌人是自己

做女人……

做女人要以一个基本点为主
那就是健康是第一位的
要有两个中心
记住一定要让自己潇洒一点
当然不要忘记要糊涂一点

必须拥有三个忘记
一是忘记年龄
二是忘记痛苦
三是忘记烦恼

捧住四个有
有一个称心的丈夫
有一个明亮的房子
有一点自己的积蓄
有一群说得来的铁朋友

抓住五个牢记
要唱、要跳、要笑、要俏、要动
记住朋友的嘱咐
千万要心宽

千万要高兴
千万别透支
千万要有爱

不要饿了才吃饭
不要渴了才喝水
不要累了才休息
不要困了才睡觉
不要病了才就医
不要老了才锻炼

人老了爱还在

虽然我已进入暮年
虽然我已双鬓花白
但是我的心未老
我的情仍在

老了的人
对生活看得更清
对人世间的温暖感受更真
每一个热情的微笑
每一个尊敬的举动
都会让年迈的心澎湃

在走过的路途中
纵然有千险万阻
从没有失去对生活的信念
对曾经苦难的回忆
现在已是幸福的根源
开拓和耕耘有事业
现已是胜利的丰碑

人虽然老了

我心未老
只要情在
只要生活的信念还在
我们带着美好的回忆
我们的每一天都是幸福和快乐的

祭奠心中永远铭记的人
——我的外祖父、外祖母

承外祖父外祖母厚爱
在外祖父外祖母怀中长大
得命中月德
展命中文昌
接外祖父心传
承传中医瑰宝

外祖父外祖母养育二十余年
祖孙相伴生活温馨
相互之间情意缠绵
相互关爱亲密无比

在外祖父外祖母身旁的日子里
教会我独立
教会我吃苦耐劳
教会我谦虚待人
教会我努力上进

在生活中
外祖父的每一句话语

无时无刻不在温暖我的心
外祖母的一针一线
和每一个慈祥的微笑
都深深印在记忆的脑海中

二十余年的朝夕相陪
二十余年的日日夜夜
与外祖父外祖母共同生活
从未红过脸
从未被责骂
从未被训斥
从未吵闹顶过嘴
乖巧听话
是我在外祖父外祖母跟前
二十余年从始至终的最佳表现

在十二岁时
外祖父家里前来看病就诊的人
熙熙攘攘从不间断
外祖父总是热情接待
认真诊治
外祖父的医术医德
被当地的百姓传为佳话

尊敬外祖父
羡慕外祖父
多么想像外祖父那样
将来做一名人民喜爱的好医生

外祖父被我的眼神
和我对中医药的特殊喜爱感动了
外祖父在业余时间
开始点点滴滴教我背中药汤头
开始教我学中医方药

十六岁那年
中央文件指明
名老中医带徒
我终于被外祖父选中
从此开始了学习中医药的生涯

七年学徒加三年实习
在外祖父的精心教育
严格管理、细心栽培下
我以全新疆第一名学徒成绩出师

我虽已出师
但外祖父仍然带着我一起
学习中医理论、共同研讨医方医法
临床经验都通过一个个实际病例
认真地教我分析、立法、出方
每一个教训都做分析和总结

虽然学习了十年中医理论
但在工作中单飞的时候
自己的心中常常无底
多少次开出的中草药
自己预计推测的效果
还没有显现

病人服药的副作用就出现了

外祖父帮助我鼓励我
又多少次为我指引学习进步的方向
在外祖父无私奉献下
我又走上了中西医结合
专治妇科、内科疾病的道路

外祖父喜欢我认真学习
希望我弘扬广大中医医技
经过十年的临床实践与磨砺
我成功了

我不仅对中医妇科、内科
治疗疾病有自己的心得体会
我还学会了中西医结合
还学会了妇产科各类手术

对妇女不孕症
不但能治愈
还能亲自做孕妇产检
亲自为孕妇接生
亲自做剖宫产
亲自做避孕手术

成功了
在外祖父的帮助、支持下
坚强地走进了医学的圣殿
每一天都在工作中学习进步

外祖父和外祖母病了
外祖父和外祖母老了
最终外祖父和外祖母
相继离开了人世
永远地离开了我

我在他们的晚年
我在他们将离开人世间的时候
我一刻也没有离开我的
外祖父和我的外祖母

我外祖父、外祖母
给了我太多太多的爱
给了我太多太多的人间真情

我是幸运儿
我是幸福的人
我在外祖母离世之时
紧紧地把外祖母抱在怀中
她老人家才闭上眼睛离人世

在外祖父弥留人间的最后一刻
我默默流泪哭着对外祖父说
我舍不得您走！
我舍不得您走！
但是您要走就一定好好走
我忘不掉您
忘不掉您和外祖母
对我的千般恩情
对我的培育之恩

我一定会好好做人
一定会好好做事
外祖父听到了我的喊声
外祖父放心了
他走了
他走了
他真的走了
他放心地离开了我们

外祖父外祖母离开我
已经近十年了
回想他们离开了的日子
我没有停止学习进步的脚印
在离开二老的岁月里
我只有撰写百余篇论文
只有勇夺国家二十余项专利
荣获师十项科研成果奖
出版九本医学书籍
来告慰我的恩师
来告慰疼我爱我的
外祖父、外祖母
我没有忘记您们对我的嘱咐

意想之外
我还获得病人及家属
赠送的多面锦旗
我还与我的父母亲密相处
我还与外祖父的孙儿相濡以沫
我还有我自己的老朋友和新朋友

最重要最重要的是
外祖父、外祖母
您们放心
您心爱、疼爱、关爱的外孙女
不仅发扬了家传真宝——中医之术
而且还要闯荡文学的诗坛
撰写流畅、美好的诗句
歌颂亲人、恩人给我的爱
来歌颂生活
歌颂这美好的世界